DATE DUE

SP
E
FAL   Falconer, Ian
             Olivia va a Venecia

                                        $17.99
                              BC#32457121001592

DATE DUE	BORROWER'S NAME

A Sheila Perry
que me mostró por primera vez
las glorias de Venecia.

OLIVIA VA A VENECIA

Spanish translation copyright © 2010 by Lectorum Publications, Inc.

Originally published in English under the title Olivia Goes to Venice
Copyright © 2010 by Ian Falconer

Published by arrangement with Atheneum Books for Young Readers, an imprint
of Simon & Schuster Children's Publishing Division, New York.

All rights reserved. No part of this book may be reproduced or transmitted in any form
or by any means, electronic or mechanical, including photocopying, recording, or by any
information storage and retrieval system, without permission in writing from the publisher.

For permission regarding this edition, write to Lectorum Publications, Inc., 205 Chubb Avenue,
Lyndhurst, N.J. 07071.

THIS EDITION NOT TO BE SOLD OUTSIDE THE UNITED STATES OF AMERICA,
PUERTO RICO AND CANADA.

Written and illustrated by Ian Falconer
Book design by Ann Bobco
Translation by Marcela Brovelli
The text for this book is set in Centaur.
The illustrations for this book are rendered in charcoal and gouache
on paper combined with photography digitally altered in Photoshop.
Additional photography by Rick Guidotti © 2010

Printed in China

ISBN- 978-1-933032-68-9

OLIVIA
va a
Venecia

Escrito e ilustrado por   Ian Falconer
Traducido por Marcela Brovelli

LECTORUM
PUBLICATIONS, INC.

Habían llegado las vacaciones de primavera. Así que a Olivia se le ocurrió que debía pasar unos días con su familia en Venecia. Pero había muchísimas cosas que preparar.

—Olivia, no vas a necesitar ni el equipo de buceo ni las aletas —dijo su madre.

—Mamá, parece que la ciudad está casi siempre bajo el agua…

—Ni los esquís acuáticos.

En el aeropuerto, dos inspectores revisaron a Olivia
para asegurarse de que todo estaba en orden.
Ella aceptó muy complacida.

En el avión, Olivia le preguntó a su mamá sobre la comida en Venecia.

—No te preocupes cariño, en todas partes hay pizza y helado.

—¡¡EN TODAS PARTES!?

Olivia suspiró aliviada.

Cuando llegaron al hotel ya era muy tarde. Olivia tenía tanto sueño que no pudo disfrutar del bonito paisaje que se veía desde su ventana.

A la mañana siguiente, salieron muy temprano. Cruzaron por un puente muy bonito. Luego, por otro. Y, más adelante, por otro más.

—¡Esperen!
—gritó Olivia.

—¡Hemos cruzado por el mismo canal un montón de veces! Creo que nos hemos perdido. Y, además ya no me queda mucha azúcar en la sangre.

—Bueno, te prometo que compraremos helado —contestó su madre.

—Aquí le dicen *gelato* —agregó Olivia.

Un poco más tarde, todos decidieron tomar *gelato*.

Mientras cruzaban por un enorme puente, Olivia vio el
Gran Canal por primera vez, bordeado por sus magníficos
palazzos de brillantes colores.

—¡OH, POR FAVOR, MAMÁ!
¿Podemos quedarnos a vivir en uno
de los *palazzos* del Gran Canal?
—preguntó Olivia, entusiasmada.

Era una experiencia completamente nueva para Olivia. Quería otro helado.

O tal vez, dos...

...o tres.

Cuando se tranquilizó,
todos continuaron con el paseo.

Finalmente, atravesaron una
oscura arcada y de pronto…

…se encontraron en plena Piazza San Marco.
A Olivia le encantó este lugar.
—Mamá, creo que necesito otro…

—De acuerdo, me parece que todos lo necesitamos
—agregó la mamá de Olivia, entre suspiros.

Olivia le pidió a su mamá
que le comprara maíz para
las palomas.

Pero cuando alzó las manos
llenas de maíz, solo aparecieron
unas pocas palomas.

Aunque… muy pronto una bandada
de palomas invadió la plaza.

Después de tan agotador encuentro,
Olivia necesitaba un *gelato*.

¡GÓNDOLA!
¡GÓNDOLA!

Al día siguiente, les suplicó a sus padres:
—¡Oh, mami, papi, POR FAVOR!
¿Podemos ir a dar un paseo en góndola?

Olivia se encargó de negociar el precio. El gondolero se quitó el sombrero y los invitó a subir con un galante, *"Prego"*.

Para Olivia el paseo fue muy reconfortante.
Aunque no así para el gondolero.

Al llegar al Gran Canal, pasaron por debajo
del espléndido Puente Rialto.

Más adelante, la góndola
se encontró con el Puente
de los Suspiros.

Y Olivia suspiró
fascinada.

A esta altura del paseo, Olivia estaba hechizada.
—Necesito algo que me ayude a recordar Venecia, el *souvenir* perfecto.

—Podría llevarme esa preciosa lámpara…

—¡Pero, Olivia, eso es más grande que tu habitación! —dijo su mamá.

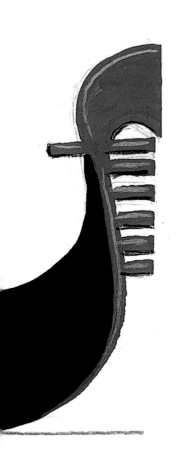

—¿Qué te parece si me llevo una góndola, mamá?

—Cariño, trata de pensar en algo que puedas transportar.

¡¿Encaje?!

Muy bonito, pero no es para mí.

—¿Una máscara?

"No", pensó Olivia. "La usaré muy poco".

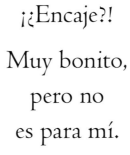

¿Y un frasco de perfume?
Pero a Olivia no le gustan mucho las fragancias.

Aunque ella está a punto de sacar su propia línea de perfumes.

El último día en Venecia, Olivia y su familia volvieron
a San Marco.

Con los rayos del atardecer, la basílica
se veía pincelada con suaves tonos
dorados y anaranjados.

Mamá y Papá tomaban café. Ian
y Olivia jugaban junto a la torre del
campanario.

—¡Lo encontré! —gritó Olivia, entusiasmada—.
¡Ya tengo el *souvenir* perfecto!
—¿Cuál es? —preguntó su mamá.
—Un trozo de Venecia —respondió Olivia—.
Un ladrillo de la torre del campanario.

—¡Pero, Olivia! —exclamó su mamá—.
Si todas las personas que visitan Venecia
se llevaran un pedazo de ella,
esta ciudad se vendría abajo.
Vamos, deja eso ahí.
Tenemos que ir al aeropuerto.

DING DONG DONG
DING DONG

—Mamá, ¿las campanas suenan para nosotros?
—Sí, cariño, para recordarnos que se ha hecho muy tarde.

Olivia se dio la vuelta para echar un último vistazo a Venecia.

—¡Mira! Vinieron a despedirnos…
Creo que jamás me olvidaré de Venecia, mamá.
¿Tú crees que en Venecia
se acordarán de mí?

Puedes estar segura, cariño.

En cuanto subió al avión, Olivia se quedó profundamente dormida...

MONUMENTO
OLIVIA

...y tuvo un sueño.